JOYAUX

Appartenant à M⁰ X...

JOYAUX

Appartenant à Me X...

CONDITIONS DE LA VENTE

Elle sera faite au comptant.

Les acquéreurs payeront *dix pour cent* en sus des prix d'adjudication.

Le poids des perles montées ne sont indiqués dans le catalogue qu'à titre de renseignement et sans garantie.

L'exposition mettant le public à même de se rendre compte de l'état et de la nature des objets, aucune réclamation ne sera admise une fois l'adjudication prononcée.

Paris. — Imp. Georges Petit, 12, rue Godot-de-Mauroi. — 22742-13.

CATALOGUE

DES

JOYAUX

COLLIERS DE PERLES

PARURES EN PERLES

Brillants anciens — Pierres de couleur

Appartenant à Mᶜ X...

ET DONT LA VENTE AURA LIEU

GALERIE GEORGES PETIT

8, RUE DE SÈZE, 8

Les Jeudi 23, Vendredi 24 et Samedi 25 Janvier 1913

à deux heures précises

COMMISSAIRE-PRISEUR

Mᵉ F. LAIR-DUBREUIL

6, rue Favart, 6

EXPERTS

FALIZE

ANCIENS JOAILLIERS DE LA COURONNE DE FRANCE

17, rue du Faubourg-Saint-Honoré, 17

EXPOSITIONS

PARTICULIÈRE : *Le Mardi 21 Janvier 1913, de 1 h. 1/2 à 6 h.*
PUBLIQUE : *Le Mercredi 22 Janvier 1913, de 1 h. 1/2 à 6 h.*

ORDRE DES VACATIONS

Le Jeudi 23 Janvier 1913

Nᵒˢ 1, 4, 6, 7, 13, 14, 16, 17, 19, 21, 23, 25 à 27, 32,
33, 35, 39, 40. 46, 50, 57, 63, 64, 72.

Le Vendredi 24 Janvier 1913.

Nᵒˢ 2, 3, 5, 8, 9, 11, 12. 18, 20, 24, 29 à 31, 36, 38,
42, 43, 47 à 49. 51, 52, 54, 56, 58, 71.

Le Samedi 25 Janvier 1913.

Nᵒˢ 10, 15, 22, 28, 34, 37, 41, 44, 45, 53, 55, 59 à 62,
65 à 70, 73.

DÉSIGNATION

———

1 — MAGNIFIQUE COLLIER de quatre rangs de perles d'Orient, comprenant deux cent quarante perles, pesant environ 3.250 grains, — avec muguets en brillants et un fermoir composé d'une barrette de trois grosses perles et de dix-huit brillants.

Ce collier pourra être divisé :

Premier rang : Soixante-neuf perles ;
Deuxième rang : Soixante-trois perles ;
Troisième rang : Cinquante-sept perles ;
Quatrième rang : Cinquante et une perles ;
Le fermoir perles.

Vacation du Jeudi 23 Janvier.

2 — IMPORTANT COLLIER d'un rang de quarante-cinq grosses perles blanches et rondes d'Orient, pesant environ 900 grains, — avec deux muguets en brillants et un fermoir composé d'un chaton brillant serti à l'ancienne.

Vacation du Vendredi 24 Janvier.

3 — SUPERBE COLLIER, DIT D'ESCLAVAGE, composé d'une collection de dix-neuf grosses perles poires blanches.

Les perles sont suspendues à une chaîne carrée de soixante-cinq chatons en brillants, enrichie de quatre brillants, à serti clos, et de trente-trois pampilles de brillants, dites « russes ».

Vacation du Vendredi 24 Janvier.

4 — SPLENDIDE COLLIER, composé de quatre cent soixante-huit perles, festonnant en girandoles, avec deux médaillons d'émeraudes et de brillants et portant, au centre, une grande applique, composée comme suit : une émeraude cabochon, ancienne, entourée de douze gros brillants et retenant par une cordelette d'or, sertie en roses, une perle blanche bouton et quatre pampilles d'émeraudes forme poire.

Vacation du Jeudi 23 Janvier.

5 — TRÈS BEAU COLLIER, DIT DE CHIEN, composé de douze rangs de perles d'échantillon.

Le collier est agrémenté de quatre barrettes et d'un fermoir sertis de soixante brillants, au total.

Vacation du Vendredi 24 Janvier.

6 — MAGNIFIQUE RIVIÈRE, composée de soixante-sept brillants sertis à griffes et enrichie d'un pend-à-col formé lui-même d'un gros brillant carré et de deux brillants taillés en poire.

Vacation du Jeudi 23 Janvier.

7 — SPLENDIDE DEVANT-DE-CORSAGE, de style Louis XIII, composé d'un grand brillant carré-long et entouré de huit gros brillants sertis dans des flammes.

Deux grands brillants taillés en poire sont suspendus, en pendeloques, sous l'applique.

Vacation du Jeudi 23 Janvier.

8 — IMPORTANT DIADÈME, composé de neuf perles poires blanches et de neuf perles blanches boutons, disposées en fleurons et montées sur des ornements de joaillerie, avec huit chatons en brillants formant entre-deux.

Vacation du Vendredi 24 Janvier.

9 — RAVISSANTE PARURE, DITE COLLIER D'ESCLA-
VAGE, composée de trente-six brillants,
avec petits chatons intermédiaires, et
portant une collection de quarante-
quatre brillants poires suspendus en
pampilles et sertis à l'ancienne.

Vacation du Vendredi 24 Janvier.

10 — BRACELET formé d'une magnifique
perle blanche ronde et de deux brillants
ronds, montés sur une chaîne gourmette
d'or.

Vacation du Samedi 25 Janvier.

11 — BRACELET formé d'un splendide bri-
lant carré, flanqué de deux perles blanches boutons et de deux petits brillants
montés sur corps rigide.

Vacation du Vendredi 24 Janvier.

12 — SUPERBE PENDENTIF en brillants, enrichi
d'une perle noire, au centre, et d'une
pendeloque perle blanche suspendue en
pampille.

Vacation du Vendredi 24 Janvier.

13 — TRÈS BELLE BAGUE, formée d'une perle blanche bouton, montée sur un fil d'or.

Vacation du Jeudi 23 Janvier.

14 — PAIRE DE BOUTONS D'OREILLES, composée de deux belles perles blanches boutons, dans un cercle mobile de dix-huit petits brillants sertis sur or.

Vacation du Jeudi 23 Janvier.

15 — MIROIR A MAIN, travail de joaillerie entièrement en brillants.

La glace, rapetissante, est bordée d'un double entourage de petits brillants et d'une collection de trente-six beaux brillants ronds.

Le manche, également en joaillerie, comprend six chatons en brillants, alignés dans un double entourage identique.

Vacation du Samedi 25 Janvier.

16 — TRÈS BELLE AIGRETTE DE COIFFURE, composée d'un gros brillant ancien, de forme, placé au centre d'un feuillage, serti en brillants, et d'une collection de cinq briolettes de diamant, suspendues en gouttes.

Vacation du Jeudi 23 Janvier.

17 — JOLI COLLIER, formé de vingt-quatre perles blanches alternant avec vingt-quatre brillants sertis à l'ancienne.

Vacation du Jeudi 23 Janvier.

18 — IMPORTANT BRACELET, composé de neuf émeraudes taillées et de neuf brillants carrés, montés sur chatons d'or et d'argent, à emmaillage souple.

Vacation du Vendredi 24 Janvier.

19 — PENDENTIF composé d'une grande émeraude carrée, à pans coupés, avec entourage de huit beaux brillants et agrémentée d'une pendeloque de six brillants en forme de poire et d'un brillant navette.

Vacation du Jeudi 23 Janvier.

20 — COLLIER formé de trente-neuf boules d'émeraude, avec entre-deux de motifs en brillants.

Vacation du Vendredi 24 Janvier.

21 — BROCHE formée d'un magnifique saphir de Ceylan, flanquée de deux gros brillants et bordé de six petits brillants.

Vacation du Jeudi 23 Janvier.

22 — SAUTOIR composé de deux cent quatorze brillants montés en drageoirs de platine et portant une petite montre de dame, au boîtier serti de dix-neuf brillants.

Vacation du Samedi 25 Janvier.

23 — BAGUE formée d'une très belle perle blanche, ronde, montée sur un fil d'or.

Vacation du Jeudi 23 Janvier.

24 — PENDENTIF de style ancien, composé d'un gros brillant carré, à pans coupés, et d'une grappe de brillants formant pampille, — les deux parties de ce bijou enfermées dans un triple entourage de petits brillants.

Vacation du Vendredi 24 Janvier.

25 — BRACELET formé d'une grosse émeraude cabochon entourée de vingt-quatre brillants et flanquée de deux gros brillants ronds.

L'applique est montée sur une chaîne gourmette d'or.

Vacation du Jeudi 23 Janvier.

26 — BAGUE composée d'une très belle émeraude cabochon sertie dans une arabesque de petits diamants et d'or ajouré.

Vacation du Jeudi 23 Janvier.

27 — ÉPINGLE A CHAPEAU, formée d'une jolie perle poire blanche.

Vacation du Jeudi 23 Janvier.

28 — RIVIÈRE composée de quarante-cinq brillants montés à griffes.

Vacation du Samedi 25 Janvier.

29 — JOLI PENDENTIF, formé d'une perle blanche bouton et de deux brillants carrés avec pendeloque brillant poire. La première partie du bijou enfermée dans un triple entourage de petits brillants et la pendeloque dans un entourage double.

Vacation du Vendredi 24 Janvier.

30 — BRACELET composé de neuf saphirs taillés et de neuf brillants carrés, montés sur chatons d'or et d'argent, à emmaillage souple.

Vacation du Vendredi 24 Janvier.

31 — ÉPINGLE DE COIFFURE, formée d'une perle blanche bouton, entourée de huit brillants.

Vacation du Vendredi 24 Janvier.

32 — BROCHE composée d'une très jolie perle ronde et de rinceaux d'ornements sertis en brillants.

Vacation du Jeudi 23 Janvier.

33 — **Bague** formée d'une belle émeraude cabochon, sertie dans des griffes d'or semées de diamants.

Vacation du Jeudi 23 Janvier.

34 — **Paire de boutons d'oreilles**, composée de deux très beaux brillants solitaires.

Vacation du Samedi 25 Janvier.

35 — **Bague** formée d'un magnifique brillant carré bleuté, serti dans une arabesque d'or et de diamants.

Vacation du Jeudi 23 Janvier.

36 — **Bague** formée d'une émeraude taillée, montée sur or.

Vacation du Vendredi 24 Janvier.

37 — **Pendentif** ancien, composé d'une perle blanche bouton et d'une perle poire blanche, suspendue en pampille.

Vacation du Samedi 25 Janvier.

38 — **Broche** en forme de poignard, formée de deux saphirs et de cinq brillants.

Vacation du Vendredi 24 Janvier.

39 — **Broche** formée d'une perle blanche bouton, entourée de douze brillants.

Vacation du Jeudi 23 Janvier.

40 — **Broche** composée d'une perle blanche bouton et de six brillants montés sur fils d'or, portant en pendeloque un très beau brillant de forme poire.

Vacation du Jeudi 23 Janvier.

41 — **Grande barrette** formée d'une émeraude cabochon et d'un entrelacs serti en brillants.

Vacation du Samedi 25 Janvier.

42 — **Broche** composée de trois perles blanches et de deux petits brillants, avec une pendeloque d'émeraude cabochon, entourée de brillants.

Vacation du Vendredi 24 Janvier.

43 — **Pendentif amulette**, formé de trois perles pendeloques, avec chatons brillants, et d'une brochette de rubis et d'émeraudes.

Vacation du Vendredi 24 Janvier.

44 — Bracelet portant, en applique, une émeraude carrée, à pans coupés, dans un double entourage de brillants, et montée sur un anneau d'or rigide, limé à facettes."

Vacation du Samedi 25 Janvier.

45 — Pendentif formant médaillon et contenant une mèche de cheveux, dans un entourage de petites émeraudes.

Grosse émeraude cabochon, entourée de vingt-six brillants et suspendue en pendeloque.

Vacation du Samedi 25 Janvier.

46 — Collier aux ombellifères, travail de joaillerie, avec feuillages sertis en brillants et bouquets de huit perles et de chatons brillants.

Vacation du Jeudi 23 Janvier.

47 — Pendentif formé d'un saphir de Ceylan entouré de douze brillants et suspendu à une chaînette de quatre brillants.

Vacation du Vendredi 24 Janvier.

48 — PAIRE DE BOUTONS D'OREILLES, formés
de deux rubis entourés de brillants.

Vacation du Vendredi 24 Janvier.

49 — BROCHE formée d'un saphir de Ceylan
entouré de dix-huit brillants, et pouvant
former pendentif.

Vacation du Vendredi 24 Janvier.

50 — PAIRE DE BOUTONS D'OREILLES, formés
de deux brillants, sertis à l'ancienne.

Vacation du Jeudi 23 Janvier.

51 — ÉPINGLE DE CRAVATE, formée d'une
perle poire blanche, montée sur or.

Vacation du Vendredi 24 Janvier.

52 — BAGUE formée d'un gros rubis cabochon serti dans une arabesque d'or
parsemée de diamants.

Vacation du Vendredi 24 Janvier.

53 — BROCHE formée d'un très beau saphir
de Ceylan, entouré de onze brillants et
pouvant former pendentif.

Vacation du Samedi 25 Janvier.

54 — BRACELET rigide, composé de onze perles blanches et de trente-huit brillants sertis dans les deux branches d'or.

Vacation du Vendredi 24 Janvier.

55 — BROCHE flore d'ornement, composée de quatre perles poires blanches et de trois feuilles serties en roses.

Vacation du Samedi 25 Janvier.

56 — AIGRETTE semée de chatons en brillants avec quatre feuilles serties en roses.

Vacation du Vendredi 24 Janvier.

57 — BAGUE CROISÉE, composée d'un rubis d'Orient taillé et d'un brillant, sur une monture d'or sertie de huit brillants.

Vacation du Jeudi 23 Janvier.

58 — BAGUE formée d'un rubis cabochon, serti dans une arabesque d'or et de diamants.

Vacation du Vendredi 24 Janvier.

59 — **Bague** formée d'une émeraude cabochon, montée sur un fil d'or.

Vacation du Samedi 25 Janvier.

60 — **Bonbonnière** en cristal de roche, enrichie d'ornements sertis de diamants.

Vacation du Samedi 25 Janvier.

61 — **Aumonière** en tissu d'or et de platine,
à mailles fines et plissées, avec double
compartiment.

Fermoir enrichi de saphirs taillés et
de petits diamants.

Vacation du Samedi 25 Janvier.

62 — **Bracelet** formé de deux branches
enlacées et articulées, serties avec de
petits brillants et portant vingt-quatre
chatons brillants.

Vacation du Samedi 25 Janvier.

63 — **Paire de boutons de manchettes**,
composée de quatre perles blanches,
rondes, montées sur chaînettes d'or.

Vacation du Jeudi 23 Janvier.

64 —, Croissant serti de vingt-sept brillants
et formant, à volonté, broche ou épingle
de coiffure.

Vacation du Jeudi 23 Janvier.

65 — Broche formée de trois coques de
rubans serties en brillants, avec un chaton brillant au centre et trois trèfles de
brillants.

Vacation du Samedi 25 Janvier.

66 — Broche composée de trois volutes de
brillants accolées et portant, au centre,
un chaton brillant.

Vacation du Samedi 25 Janvier.

67 — Petit bandeau monté sur fourche
d'écaille et serti de quarante-sept brillants.

Vacation du Samedi 25 Janvier.

68 — Bague formée d'un brillant carré,
monté sur un fil d'or.

Vacation du Samedi 25 Janvier.

69 — BRACELET rigide, en or, portant au centre un brillant monté à griffes, et vingt brillants sertis sur le corps.

Vacation du Samedi 25 Janvier.

70 — BROCHE en brillants, composée d'un trèfle et d'une aigrette, et portant cinq petits saphirs cabochons.

Vacation du Samedi 25 Janvier.

71 — BRACELET fil d'or portant, en applique, un brillant de fantaisie entouré de dix petits brillants.

Vacation du Vendredi 24 Janvier.

72 — BROCHE formée d'un trèfle en diamants, avec trois petits trèfles de perles blanches.

Vacation du Jeudi 23 Janvier.

73 — BROCHE guêpe, le corps d'or et d'émail noir, serti de trois rangées de roses, le dos formé d'un œil-de-chat, la tête et les ailes serties de roses.

Vacation du Samedi 25 Janvier.

RED. :

18

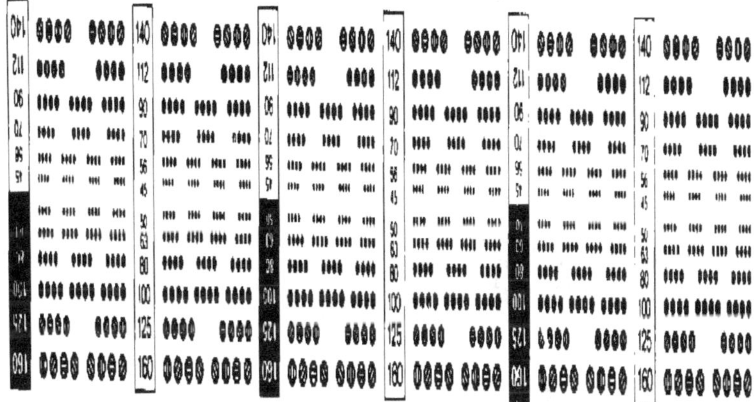

MIRE ISO N° 1
NF Z 43-007
AFNOR
Cedex 7 - 92080 PARIS-LA-DÉFENSE
37998370
graphicom

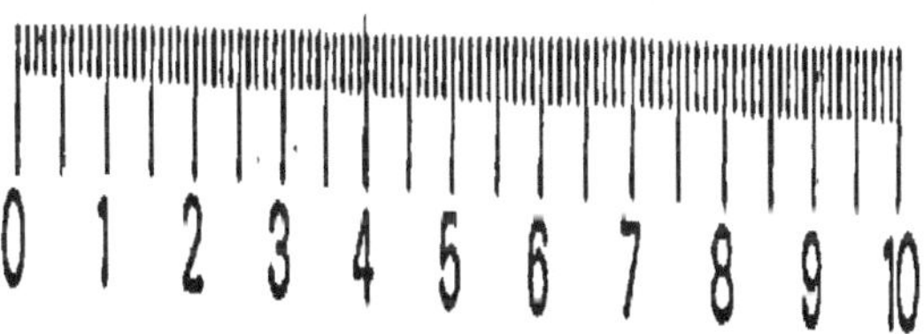

0 1 2 3 4 5 6 7 8 9 10

www.ingramcontent.com/pod-product-compliance
Lightning Source LLC
LaVergne TN
LVHW010507060726
842527LV00005B/1925